Enquanto caminhava pela calçada, pensava em como tudo chegou neste ponto, repassa mil vezes tudo o que havia acontecido nas últimas semanas, tentando de forma inútil achar uma desculpa, ou pelo menos entender o que estava acontecendo.

De repente alguém passou e bateu em meu braço, olhei pra trás e percebi que estava caminhando em um ritmo muito lento, comparado aos transeuntes que seguiam atrás de mim. Vi uma parede, me recostei, acendi um cigarro e continuei pensando. O que fazer agora? De um momento para o outro não havia mais planos, nem agenda, nem compromissos, não havia mais nada.

Olhei para o lado, uma cafeteria, sentei em uma cadeira e pedi um café, puro. Passado ou expresso? Levei a mão ao bolso, retirei alguns trocados e pedi o valor. Só dava para o café passado. Café requentado, horrível, com gosto de "queimado"!? Como alguém consegue queiram um café? Enchi de açúcar para disfarçar o gosto horrível.

1

Enquanto tomava, meus pensamentos giravam, sempre na mesma ideia, de como tudo aconteceu? Como vou contar pra minha esposa, o que vou fazer daqui pra frente. A vergonha tomou conta. A vergonha era maior do que a dor de perder tudo. A vergonha do fracasso, o que dirão as pessoas, e na reunião de família, o que eu vou falar. Nesse momento, a preocupação era com as outras pessoas, o que elas pensariam? Fracassado, essa palavra rasgava meu íntimo, fazia até o corpo doer.

Por um momento achei que iria desmaiar, uma escuridão se abateu em meus olhos, acho que não como a horas, nem lembro quando comi pela última vez, só pensava na vergonha, ao encontrar os amigos, sempre a mesma pergunta, como estão as coisas? E a empresa? Como vou responder a eles que não existe mais empresa? Que a poucos dias atrás aquela sala, grande de quase 200m2, lotada de pessoas de um lado para o outro, com seus afazeres, agora não passa de um grande retângulo vazio.

Telefone toca, a imobiliária, já devem estar sabendo, 3 aluguéis atrasados, mais a quebra de contrato. Não atendo, eles insistem.

Telefone não para, uma ligação atrás da outra. Olho para tela, Gil, amigo de longa data, meu maior fornecedor, nunca esqueceu do meu aniversário, enviava presentes, aniversário, natal, chegamos a viajar juntos em casal, tudo pago pela empresa onde ele trabalhava. Ao longo do tempo recebeu várias bonificações anuais pelas vendas que fazia pra mim. Sempre me tratou como um grande amigo, e sempre fui recíproco.

Pensei, seria bom falar com um amigo, talvez me dê algum conselho, alguma palavra de conforto, dizer que tudo vai passar, tenho a infeliz ideia de atendê-lo. Oi Gil. Já começa aos berros, o último pedido, um grande pedido não havia sido pago, e nem seria, não havia como, berrou por uns 2 minutos ao telefone, desliguei. Que grande amigo. Ligou mais umas 6 vezes, ignorei todas.

Havia um ano que as coisas não andavam bem, mas eu já havia saído de outras situações ruins, pensei que seria apenas algo passageiro, pertinentes ao negócio, altos e baixos, é normal.

Junto ao contador, maquiamos alguns dados, para não transparecer que a empresa estava passando por dificuldades, e logo, sabia eu, as coisas voltariam ao normal, e tudo não passaria de uma boa história de superação a ser contada. Mas dessa vez foi diferente, nada voltou ao normal, o declínio foi rápido, num piscar de olhos tudo foi por água abaixo.

Sempre me julguei um ótimo empresário, acostumado a lidar desde cedo com a imensidão de problemas de forma sóbria, pensada, sempre arquitetando o crescimento, sempre arriscando, sempre andando no limite. Falava com propriedade e experiência, em como deve-se comandar uma empresa, não se cria uma grande empresa sem dar passos largos, sem correr riscos, mas sempre bem pensado, com tudo planejado, tudo arquitetado, sempre fui ótimo com números, projeções, sempre tudo muito bem calculado.

Há uns 5 anos atrás comprei a parte dos 2 sócios que também faziam parte da empresa, num negócio meio espúrio, deixando eles sem saída a não ser a venda, planejei por bastante tempo, em como fazer, como deixá-los sem saída, na época a empresa não tinha um terço do tamanho que havia agora, ou melhor, a algumas semanas atrás. Eles eram como âncoras, segurando tudo, sempre contra minhas ideia de expansão e crescimento, sem visão do futuro que eu imaginava para a empresa.

Saíram bem, receberam cada centavo devido, mas claro, acredito eu com um pouco de ódio no coração, por terem sido jogados para escanteio, principalmente vendo ao longo do tempo a empresa crescendo dia após dia.

Agora eu era o Sr todo poderoso da empresa, não havia mais ninguém no meu caminho, ninguém travando minhas ideias, ninguém segurando as estratégias de crescimento, expansão, consegui colocar tudo em prática, e até certo ponto, tudo funcionou, o crescimento foi instantâneo, subida vertiginosa, assim como foi a queda.

Sr Ramires, só na folga? Levantei os olhos, era Gustavo, trabalhava na concessionária onde eu comprava meus carros, trocava anualmente, sempre com ele, ele sempre cuidou de tudo, do seguro, do IPVA, das manutenções, sempre solícito, sempre me lembrando de tudo. Claro deveria ter uma planilha, ou um sistema, que alertava ele sobre esses detalhes, mas de toda forma fazia com que eu me sentisse importante, ele sempre dizia, um grande empresário, precisa de um grande carro, Sr Ramires, um carro não é apenas um carro, mas um termómetro social, as pessoas medem seu sucesso pelo carro que o Sr anda. Acho que ele tem razão, enquanto eu andava de carro importado, ninguém perguntava se minha empresa estava em decadência.

Oi Gustavo, pois é, tirando alguns minutos para descansar. Ele começou um pequeno discurso sobre um carro que estava à venda, coisa linda diz ele, km baixa, sem nenhum detalhe, aguardo o Sr lá, vou deixar separado

viu? Dei um leve sorriso e acenei com a cabeça, ele se foi. Se ele soubesse da verdade, não teria perdido os 3 minutos falando comigo.

Senti algo no meu bolso esquerdo, ao pegar, era a chave reserva do meu carro, que havia acabado de vender, para pagar a rescisão dos últimos funcionários remanescentes.

Esqueci de entregar, preciso passar lá para deixá-la. Carro vendido às pressas, quase metade do preço, era a última coisa que havia sobrado, entregue para alguém que ganha a vida faturando sob o desespero de outros. Sem empatia, tentando baixar ao máximo o valor não importando o motivo, ou melhor, sabendo que quanto mais desesperado está a pessoa mais barato ele consegue comprar. Dante deveria ter criado um círculo específico, para essas pessoas na sua descrição do inferno.

Haviam 3 imóveis, que eu havia comprado de uma construtora, 2 em construção, próximo do fim, 1 ano para entrega, outro na planta, consegui vender rápido, mas não chegou nem perto do valor total que eu precisava para quitar as dívidas. Pelo menos os funcionários saíram pagos, ainda sou um homem de palavra, não deixaria nenhum funcionário sem pagamento.

Nesse dia fatídico, que reuni a todos e comuniquei o encerramento das atividades, foi como se uma bomba tivesse caído no recinto, choro, caras de incredulidade, mas enfatizei, a rescisão de todos está pronta, basta assinarem os documentos que estão com a Manuela, minha secretária, a primeira que soube do ocorrido, que o valor será transferido para conta de vocês, ninguém sairá lesado, todos receberão o valor integral de suas indenizações, quem quiser carta de referência, basta solicitar a ela que terei o maior prazer em assinar, agradeço a todos pelo período maravilhoso que passamos juntos e lamento muito que tudo tenha acabado dessa forma. Não sei como consegui falar tudo isso sem me engasgar ou sem deixar escorrer uma lágrima no olho.

As pessoas começaram a pegar seus pertences pessoais, colocar em sacolas, em caixas, algumas me abraçaram, chorando, agradecendo por tudo, dizendo iriam rezar a

Deus para que tudo se ajeitasse, outros com raiva, pegaram suas coisas e simplesmente saíram pela porta, no final tudo vazio, apenas eu e Manuela. Sr Ramires, o que faço com os documentos? Por favor coloque tudo numa caixa, vou deixar na contabilidade, obrigado por todos esses anos que você esteve ao meu lado Manuela. Imagina Sr Ramires, foi um prazer trabalhar com o Sr. se num futuro precisar, será um imenso prazer voltar a trabalhar. Vi ela pegar seus pertences, e sair pela sala.

Olhei ao redor, acho que foi a primeira vez que vi tudo vazio, caminhei pela sala, apagando as luzes, desligando computadores, cafeteiras que haviam sido largadas ainda ligadas. Tirando o barulho incessante dos telefones tocando, nada mais se ouvia, era um silêncio ensurdecedor.

Peguei uma caixa, coloquei minhas coisas, alguns documentos, um porta retrato e uma kombi em miniatura. Basicamente é isso que restou depois de tantos anos de trabalho. Apaguei a última luz, fechei a porta, e não olhei para trás.

O café acabou, eu continuo inerte na cadeira, não sei pra onde ir, não há mais compromissos, não há mais secretária me alertando sobre eles, não há mais nada, apenas vergonha e lógico o fracasso.

Sempre tive um roteiro, de tudo, do dia, das reuniões, dos compromissos, dos afazeres, pedi para o atendente um papel e uma caneta, ele prontamente me entregou, pensei, preciso me organizar, preciso escrever quais são os próximos passos que devo seguir, vou me recompor, há uma saída, sempre há uma saída. Peguei a caneta e comecei a bater com a parte de trás em cima do papel, não há o que escrever, não há saída. As dívidas estão na casa dos milhões, o último bem foi entregue pela metade do preço, o último dinheiro que restou eu gastei num café "queimado"!.

Lembro que escrevi apenas um grande ponto de interrogação no meio do papel, dobrei e guardei no bolso, devolvi a caneta, paguei o café e sai.

Caminhei uns 40 minutos, até chegar em casa, tentando imaginar o que eu iria falar para minha esposa. Nunca envolvi ela nos meus negócios, primeiro porque ela não se interessava, segundo porque não havia motivos, ela não fazia parte daquele mundo, mas seria impactada da mesma forma. O telefone não pára, resolvi desligá-lo.

Cheguei em casa suado, cansado, exausto, não só pela caminhada, mas pelo efeito que tudo isso causou em mim, o peso do fracasso, é como se colocassem um pedaço de concreto armado de 1 tonelada em meus ombros. Ela estava na sala, assistindo TV. Oi Amor, o que está fazendo aqui? Eram 16:00 horas da tarde, normalmente eu chegava lá pelas 20:00. Precisamos conversar.

Contei todos os detalhes, do início ao fim, sem pudor, sem esconder nada, mas a sensação de fracasso e vergonha estavam comigo, firmes ao meu lado. Ao final do discurso, vem a frase inevitável. E agora? Não sei, pela primeira vez não faço ideia do que fazer.

Ela falou sobre várias coisas, as viagens que já estavam programadas, os eventos com os amigos que já estavam arranjados, programados, eu estava mudo, inerte, abri minha carteira, tirei meus cartões de dentro, um black, que tinha há muito tempo, peguei uma tesoura e cortei ele em pedaços, peguei outro, personnalité, fiz a mesma coisa, falei pra ela, me dá seu cartão, ela ficou parada por uns 2 minutos sem ação, deve ter passado mil coisas em sua cabeça, vou ficar sem cartão? Como vou fazer? Como vou comprar minhas coisas? Levantou-se, pegou a bolsa e me entregou o cartão, fiz o mesmo procedimento, cortei aos pedaços com a tesoura.

Ela estava atônita, sem entender nada, sem saber o que fazer, só me perguntava, e agora? Eu não tinha resposta para esta pergunta, subi ao andar de cima, deitei na cama e não sei como mas adormeci. Acordei já passava das 21 horas, em questão de milésimos de segundos, todos os pensamentos retornaram, tudo o que se passou naquela semana, e principalmente naquele dia.

Estava sem coragem de descer e encarar minha esposa, não sabia o que se passou enquanto eu estava dormindo.

Ela continuava no sofá, completamente perplexa e inerte, trocando de canal como se buscasse alguma coisa pra assistir, mas tenho certeza que só pensava, e agora?

Havia alguns restos de comida na geladeira, esquentei no microondas, e comi, mudo, aguardei um pouco e voltei pro quarto, deitei novamente na cama e novamente desabei. Sonhos estranhos durante toda a noite, não consigo me recordar, mas eram como tormentos, como se eu estivesse no purgatório.

Acordei cedo, como de costume, tomei um café, fumei 2 cigarros, ela ainda dormia, eu já havia parado de pensar no e agora, não pensava em nada, apenas algumas lembranças do passado, da empresa, permeavam minha cabeça,

Liguei meu telefone, nem lembro do absurdo de ligações perdidas, mensagens no whatsapp, questionando, cobrando, xingando.

De repente mais uma ligação, um amigo do Sul, também empresário, empresa grande, não do tamanho que era a minha, mas grande, resolvi atender. Oi Marcelo, grande Ramires, como está meu querido? Gostaria de ter boas notícias, mas não tenho. Sim, já estou sabendo, que lástima. Sim, um desastre. O que vai fazer agora? Marcelo, pela primeira vez, não tenho ideia do que fazer. Não tem como recuperar, eu tenho um amigo, investidor talvez.. Não amigo, você não tem noção do tamanho do rombo. Nenhum investidor vai querer chegar próximo desse desastre. Entendo. Quer vir pra cá? Passar um tempo aqui na empresa, sabe que não consigo pagar um salário que seja digno a seu estilo de vida, mas pelo menos você sai dai, pois acredito eu, não deve estar fácil segurar a onda. Fiquei mudo por alguns segundos, mil coisas passaram na minha cabeça. Vou pensar Marcelo, não é uma ideia a ser descartada, te ligo até o final do dia.

Minha esposa acordou, está tomando café e assistindo algo banal na televisão. Falei a ela, estava falando com o Marcelo. Ela não respondeu nada, como se eu não estivesse ali. Acho que vou passar um tempo lá no Sul, até esse turbilhão passar. Ela largou a xícara e me olhou com ar de desespero. Não há como eu ficar aqui, a pressão vai ser muito grande, preciso esperar as coisas se acalmarem. Nesse tempo, você fica na casa do seu pai, enquanto eu vou trabalhar lá com o Marcelo, até que tudo se acalme e possamos retomar nossas vidas como era. Falei da boca pra fora, não havia como nossas vidas voltarem a ser o que eram. Mas tinha que dar pelo menos um pouco de esperança à ela.

Embale suas coisas e vá para casa do seu Pai, pegue apenas o essencial, estou indo ainda hoje para o Sul. Feche o apartamento, saia e não fale nada pra ninguém. E outra, troque o número do seu telefone imediatamente.

Liguei para Marcelo. Marcelo, estou indo. Mas estou sem um real. Preciso que você me adiante um valor para poder chegar até aí. Claro.

Vou fazer agora, já vou pedir para reservar um hotel pra você, até você conseguir se recolocar aqui. A Adriana vai cuidar de tudo e vai te passar os dados, amanhã nos vemos, boa viagem. Obrigado.

Peguei o primeiro ônibus, passagem convencional, mais de 8 horas de viagem, cheguei pela manhã, fui direto ao escritório, com a mala e a cara toda amassada da viagem.

Bom dia Amigo, fez uma boa viagem? Sim tudo certo. Conversamos amenidades por mais de uma hora, relembrando velhos tempos, lembrando de histórias, conseguiu tirar um pouco o peso do fracasso que insistia em estar sobre meus ombros.

E ai Marcelo, o que você tem em mente? Ramires, nesse momento estou precisando estruturar uma área de call center, penso que você poderia tomar a frente disso.

Sem problemas, apenas me apresente quem são as pessoas e como você imagina que isso deva funcionar. Mas antes de tudo, me dê um telefone, que meu chip já quebrei e joguei fora.

Durante o dia conheci as pessoas, estipulei algumas diretrizes, e comecei me inteirar sobre os produtos que estavam disponíveis para venda, para poder direcionar o call center de forma correta.

Ao final do dia, fui para o hotel, de ônibus, duas conduções, o hotel ficava em uma cidade metropolitana, horrível, do terminal até o hotel, era longe, fui arrastando minha mala de rodinhas, até chegar lá. Cansado, exausto, uma noite no ônibus, um dia de trabalho, e o peso do fracasso. Nem banho tomei, deitei na cama de roupa e tudo e dormi.

Acordei no outro dia, o peso da frustração estava ainda maior, de Mega Empresário a chefe de um call center, de carro importado a 4 ônibus por dia, quando eu poderia imaginar um desfecho desses.

No hotel eu poderia ficar de segunda a sexta. Na sexta eu teria que deixar o quarto e voltava de ônibus para minha cidade, ficava na casa do meu sogro, junto a minha esposa, passou-se um mês nesse formato.

Lembro de uma sexta-feira, chuvosa, eu sem dinheiro para táxi, sai cedo, debaixo de chuva, arrastando minha mala de rodinhas, na metade do caminho uma rodinha quebrou, a rua era de paralelepípedo, sentei no meio-fio e chorei. Chorei e orei a Deus que me levasse desse mundo, não tinha mais perspectiva, não aguentava mais essa tortura, mas ele ainda tinha planos de me torturar durante bastante tempo, permaneci por aqui.

Depois de um mês consegui alugar uma kitnet, no centro, havia 1 banheiro, 1 cama, e um móvel com pia, não dava pra chamar de cozinha, em cima da pia 1 microondas e em baixo um frigobar, o espaço todo era menor que o quarto do meu apartamento. Mas pelo menos poderia ficar nos finais de semana, e precisa pegar apenas uma condução até o trabalho.

Ao lado, uma galeria, na galeria havia uma série de bares, e um subway, toda noite a mesma rotina 1 chopp, e 1 subway, quando havia mais dinheiro tomava 2, e misturava com remédios para dormir.

O tempo foi passando, eu acompanhando, os processo iam se acumulando, cada semana aparecia um novo, como não me encontravam, não conseguiam me citar, e com isso eu ganhava tempo, não sei porque isso faria diferença, trabalhando num call center jamais conseguiria resolver todas as pendências que ficaram pra trás.

Com o salário, dava apenas para o básico, aluguel e comida, e às vezes enviava algum dinheiro para minha esposa, que nesse momento estava dependente do Pai, que nunca simpatizou comigo, agora então, deveria estar me amando.

O trabalho era absurdamente simples, tomar conta de uma pequena equipe de vendas via call center, pra quem estava acostumado a uma rotina intensa, foi até bom um tempo sem muitas preocupações. O passado já parecia distante, mas poucos meses haviam se ido.

Recebi notícias de minha mãe, diz ela que estão à minha procura, oficiais de justiça, cobradores, pessoas que não se identificavam, ficam cobrando dela meu paradeiro. Volto a frisar para que seja firme, a Sra não sabe, ninguém sabe do meu paradeiro.

Choro, saudades, também devem estar passando por dificuldades, pois todo mês eu enviava uma determinada quantia de dinheiro a eles, para complementar a aposentadoria, e lógico, isso cessou de uma hora para outra.

Ao meio-dia, comia marmita, as mesmas que o pessoal do call center pedia, eles entregavam na empresa. A comida até que era saborosa, mas sempre a mesma coisa.

Às vezes Marcelo chegava de manhã e falava, vamos almoçar juntos, assim já aproveitamos o tempo para falar sobre o andamento das coisas.

Almoçávamos sempre em bons restaurantes, não sei o que sentia, parece que aquilo não fazia mais parte de mim, parecia tão fútil gastar aquele valor simplesmente para matar a fome, mas, como ele sempre pagou, nunca reclamei.

Raramente falávamos sobre trabalho, como ele mencionava que era a intenção, falávamos sobre tudo, Marcelo assim como eu é um ávido leitor, inteligentíssimo, e um grande empresário, nunca falou sobre o ocorrido comigo, ele nunca tocou no assunto, nunca perguntou o que ocorreu e nunca me colocou numa situação de constrangimento, mas as vezes eu discorria sobre alguns fatos, sobre meus tempos como empresário, batia uma nostalgia misturada com medo, e lógico, o peso do fracasso que nunca saia dos ombros.

Normalmente gastávamos umas 2 horas no almoço, comendo e conversando, depois disso, sempre íamos a um café famoso que ficava no centro, gastávamos mais 1 hora lá, tomando o café e conversando. Ele sempre disse, desde que nos conhecemos que adorava conversar comigo, que era difícil pra ele encontrar alguém cujo as ideias e ideais batiam, mas sei que ele fazia esse movimento todo na tentativa de levantar meu ânimo.

Nos sábados, eu tinha sempre a mesma rotina, almoçava em um restaurante que ficava bem próximo a minha kitnet, e na volta passava em um sebo, onde vendiam livros usados, normalmente comprava 2 ou 3 dependendo do tamanho e do valor disponível, depois disso eu passava no mercado, comprava dois pacotes de amendoim torrado e uma coca-cola de 2 litros, voltava para a kitnet e passava a tarde lendo, tomando coca-cola e comendo amendoins, aquela vida de grande empresário parecia cada vez mais distante, como se tivesse ocorrido em outra vida.

Como nós humanos nos adaptamos rapidamente, mas claro, não teria coragem de encontrar alguns velhos amigos, ou voltar para minha cidade, nem mesmo participar dos encontros da família. Fora do escritório estava sempre sozinho, seja na galeria tomando meu chopp diário, ou no final de semana, lendo meus livros.

Domingo era dia de lavar roupas, no prédio, havia uma lavanderia comunitária, dessas que você coloca uma ficha e ela faz um ciclo de lavagem, depois outra ficha na máquina de secagem.

Enquanto as máquinas faziam seu trabalho eu ficava sentado em um banco, lendo e comendo amendoim. De tempos em tempos chegava alguém, para lavar roupas, alguns tentavam puxar assunto, mas eu não me interessava, dava algumas respostas monossilábicas, demonstrando que não estava interessado em continuar a prosa.

Em um desses domingos, enquanto aguardava o ciclo das máquinas, aparece uma mulher, levanto os olhos do livro, olho de relance, linda, loira, alta, bem mais alta que eu, ainda mais com aqueles saltos altos que estava usando, falava ao telefone, e movia-se rapidamente, colocou suas roupas em uma maquina que estava vazia, colocou os materias de limpeza e a ficha, e deu início ao ciclo, tudo isso falando ao telefone, falava alto, gesticulava, até então como se eu não estivesse no recinto.

De repente ela desliga o telefone, suspira e senta ao meu lado. Estende a mão e diz: Oi, eu sou Clarice, eu meio atônito falei: Oi, eu sou Ramires. Ela pergunta, faz tempo que mora aqui? Nunca te vi. Faz alguns meses, uns 10 eu acho. E está gostando? Sim, é um bom lugar pra morar, estratégico, tem de tudo aqui perto. Você não é daqui, esse sotaque não engana. Dou um sorriso e falo, não, não sou daqui.

Ela inicia uma fala sobre a cidade, sobre as festas, sobre os eventos culturais, pergunta se já estive em tais e tais lugares, nem aguarda eu responder já emenda outra pergunta, e continua falando sem parar, não pude deixar de reparar seu corpo, seios fartos, com uma camiseta bem larga, caída no ombro esquerdo, conforme ela gesticulava, dava para ver seu busto.

Clarice realmente era uma mulher muito atraente, havia muito tempo que eu não reparava em alguma mulher, ou pensava nisso, o fardo do fracasso que ainda persistia em andar grudado em meus ombros fez com que eu não pensasse em nada, a não ser trabalhar e subsistir, foi a primeira vez em quase um ano que alguém me chamou a atenção.

O Ciclo da minha máquina havia chegado ao fim, eu fingi não perceber e fiquei ouvindo Clarice falar sem parar, sobre sua vida, como acabou vindo parar aqui nesta cidade, em menos de um ciclo de lavagem, ela me contou toda sua vida. Ainda é nova, acabou de se formar e está estudando para passar na OAB.

Sua máquina apitou, ela levantou rapidamente, tirou as roupas úmidas da máquina de lavar, estava saindo quando parou e disse, meu apartamento é o 313, passa lá quando quiser, sempre tem algo pra beber, mandou um beijinho, desses que estala na boca, e saiu caminhando a passos rápidos.

Eu fiquei sentado, sorrindo, será que ela estava flertando? Estou tão alienado do mundo que nem sei mais identificar o que é um flerte, casado a tanto tempo que nem sei como isso funciona nos dias de hoje. Ao mesmo tempo pensei, é apenas simpatia, uma mulher desse porte, flertando com um sujeito como eu, impossível.

Já tenho meus 37 anos e, depois de tudo que passei a vida cobrou muito do meu corpo, há uma pequena protuberância no meu abdomem, meus dentes amarelos por causa do tabaco, pequenas entradas na testa por falta de cabelos, não que passe por um sujeito feio, mas Clarice era uma beldade, ela foi apenas simpática pensei eu.

Peguei minhas roupas e voltei para minha kitnet, enquanto dobrava as roupas para guardar no que poderia se chamar de armário mas não passavam de 3 prateleiras, lembrava de Clarice, como não pensar, mulher linda, encantadora, quisera eu ter coragem de tocar a campainha do 313, pensei e sorri, sozinho. Guardei minhas roupas, e voltei a minha leitura.

Os dias foram passando e eu na mesma rotina, trabalho, um chopp, um subway e remédios para dormir.

Um dia, eu sentado na galeria, bebendo meu chopp e lendo um livrinho, que havia ganho do rapaz do sebo, me deu de brinde, acho que tinha umas 12 páginas, era de poesia, de algum autor desconhecido, eu não gosto e não entendo muito de poesia, mas sendo sincero, não eram das melhores.

De repente ouço um grito, Ramires, levei um susto, fora do escritório, nem lembro a ultima vez que ouvi alguém falar meu nome, olho para o lado, Clarice, vindo em minha direção com outras 2 amigas e 3 rapazes, pararam na minha frente, ela disse, esse é o Ramires que eu falei, mora no meu prédio, apresentou seus amigos, que lógico, nem consegui ouvir de nervoso que estava, mas já imaginava que um dos rapazes ela apresentaria como, esse é fulano meu namorado, mas não, apresentou todos como amigos.

Ramires, termina teu chopp e vamos conosco, estamos indo a uma festa, você não pode perder, é na casa de fulana, não lembro o nome, e você vai conosco.

Clarice, hoje é terça-feira, amanhã acordo cedo, para ir ao trabalho, nem em sonho iria numa festa numa terça-feira. Ahhh você vai sim, pegou meu chopp tomou o que restava de um gole só e disse, levanta, estamos indo, fiquei sem reação, como sair dessa sem ser deselegante.

Não Clarice, prometo que algum dia, num final de semana eu vou em alguma festa com vocês, mas hoje não há condições. Ela olha para os amigos e diz, *"gente ele não entendeu que não é um convite, é uma ordem, bora"*, me agarrou pela mão e lá fomos nós.

Fomos em dois táxis, eu fiquei atrás com clarice e 1 amiga, e Clarice não parava de falar, mil palavras por minuto, mudava de assunto a todo momento, os amigos todos mais ou menos da mesma idade de Clarice, e eu me sentindo um tiozão no meio deles.

Foi rápido, logo paramos, uma casa enorme, grande mesmo, ouvíamos a música alta do lado de fora, fomos entrando, a casa estava cheia, pessoas falando alto, grupinhos conversando animadamente, e Clarice me puxando pela mão, como se ela soltasse eu iria sair correndo e sumir.

De repente ela disse: Fica aqui, não saia, vou buscar algo para bebermos, eu fiquei parado, feito um dois de paus, olhei à volta, todos jovens, acho que só tinha eu de tiozão mesmo. Clarice demorou pra voltar, claro, ela foi cumprimentando todos, parece que ela conhecia todo mundo que estava dentro daquela casa enorme.

Ela voltou, trazia uma cerveja, ficamos conversando em meio a uma pequena turma, eu totalmente deslocado, eles falavam de vestibular, de sonhos, do futuro, enquanto eu só pensava em tudo o que já tinha passado, empresa, fracassos.

De repente Clarice me pega pela mão, sem falar nada, fomos atravessando a casa, até a parte de trás, saímos por uma porta, havia uma espécie de jardim, com muitas plantas e uma fonte bem no meio.

Atrás da fonte havia um banco, sentamos no banco, e eu estava mais falante, acho que por conta da bebida, já estava mais solto, ela neste momento não falava muito.

Sem dizer nada, agarrou meu rosto com as duas mãos e me beijou, fiquei totalmente sem reação, em apenas um movimento ela se jogou no meu colo, e continuou me beijando eu agarrei seus seios fartos, tentei olhar ao redor, pra ver se alguém nos observava, mas não consegui, ela não parava de me beijar, baixei seu sutiã e comecei a beijar seus lindos seios, ela estava com uma saia, longa, eu de calça jeans, enquanto me fartava em meio aqueles seios perfeitos, ela abriu sua bolsa que estava ao lado, em cima do banco, tirou um preservativo de dentro, abriu minha calça, colocou, e transamos ali mesmo.

Me senti como à muito tempo não me sentia, como um adolecente, parece que havia voltado aos tempos de faculdade, tudo o que havia acontecido de lá pra cá, por um instante sumiu da minha cabeça, terminamos, ela saiu do meu colo, eu tirei o preservativo, joguei em uma lixeira, ela novamente me pegou pela mão e voltamos para o interior da casa, ela disse, quero te apresentar uma pessoa, caminhamos um pouco até encontrar a tal pessoa, ela estava sentada num sofá, rodeado de adolescentes, ele era um pouco mais velho, certamente mais novo que eu, mas não era adolecente como os outros, chegamos, ela me apresentou, era um dos professores do cursinho, onde ela estudava para a prova da OAB.

Eu estava me sentindo bem, como a muito não me sentia, estava solto, falante, me sentindo um homem novamente, o tema do debate era política, minha praia, gosto, conheço, acompanho, sei debater, conheço conceitos, tripartição, freios e contrapesos, congresso, conversamos por bastante tempo.

Eu estava em pé, Clarice estava sentada no sofá, mexendo no celular, não estava participando do "debate", de repente olho para o relógio, quase 3 da manhã. Falei, Clarice, preciso ir, amanhã tenho que trabalhar cedo. Ela disse, vou com você.

Pegamos um táxi, ela estava mais quieta, bem diferente da Clarice que eu costumava ver, falei algumas amenidades para ver se ela falava alguma coisa, mas as respostas eram monossilábicas, resolvi ficar quieto.

Pensava, será que ela se arrependeu, será que foi ruim, a mais de 2 décadas, nunca havia tido outra mulher, a não ser minha esposa. Fiquei apreensivo.

Chegamos, paguei o taxi e entramos no prédio, chamei o elevador, ela continuava quieta, chegamos em seu andar, as portas se abriram, eu fiquei parado, ela deu dois passos para frente, ficou no meio da porta, olhou pra trás, esticou o braço pegou minha mão e me arrastou para seu apartamento.

Transamos novamente, dessa vez com mais calma, mais demorado, mais elaborado, adormeci ali mesmo.

Acordei com o sol batendo em meu rosto, olhei para o lado, Clarice ainda dormia, completamente nua, que visão maravilhosa, a natureza, por vez, consegue realmente ser perfeita, fiquei alguns minutos admirando aquela beldade, aquele corpo perfeito, e tentando imaginar como isso havia acontecido comigo, olhei para o relógio já passava das 08:00, Meu Deus, estou muito atrasado, mandei uma mensagem para Marcelo: "Vou atrasar", já estava atrasado. Vesti minhas roupas, com cuidado para não acordá-la. Antes de sair deixei um bilhete:"Tive que ir para o trabalho. Amei a noite. Um beijo. Ramires."

Subi correndo, estava de ressaca, não tinha bebido muito, mas meu limite era 2 chopes, e com certeza havia extrapolado. Tomei um banho, um antiácido, um remédio para dor de cabeça e sai correndo.

No ônibus tentava lembrar de tudo que aconteceu naquela noite, na boca um sorriso que insistia em permanecer ali. Diferente dos outros dias, onde meus pensamentos pairavam apenas sobre o passado, sobre o fracasso, sobre tudo o que havia acontecido, neste dia, não consegui parar de pensar na noite que vivi.

Cheguei bem atrasado no trabalho, sem problemas, tudo funcionando normalmente, em quase um ano, foi a primeira vez que me atrasei, a equipe muito bem direcionada, meu atraso não afetou em nada, só ouvi alguém falar: "*A noite foi boa em chefe*", só dei um leve sorriso, fui até o banheiro, estava com olheiras profundas, pela falta de sono, e com o rosto inchado, por causa das bebidas.

Ao meio-dia, comi minha marmita, baixei a cabeça em cima dos braços, na mesa, e dormi por uns 20 minutos. Não estava mais acostumado a não dormir pelo menos 8 horas, e a beber mais que o normal, meu corpo sentiu muito essa pequena extravagância, da noite anterior.

Os dias passando, não vi Clarice pelo resto da semana, pensei um milhão de vezes em ir até seu apartamento, mas sempre pensava, e se ela estiver acompanhada, já pensou que situação constrangedora, não vou. A semana acabou, o final de semana chegou, a rotina foi a mesma, sabado restaurante, sebo, livros, coca-cola, amendoim. Domingo, roupas, e Clarice aparecia em meus pensamentos em muitas horas do dia. Pensava mais nela do que no passado, estava me sentindo um homem novamente, não mais um derrotado.

Claro que tem dias, mais nebulosos que tudo vem a tona, o fracasso volta com força total, me derruba, repenso em tudo, como deveria ter feito, os erros cometidos, o sentimento de perda, nesses dias, a única saída era aguardar o dia passar, e justamente nesses dias o relógio gira preguiçoso, como quem ri pra mim, em forma de tortura.

Quarta-feira, mais de uma semana depois da "festinha", acabara de chegar em casa, toca a campainha, abro, Clarice, meu coração quase salta pela boca, mas ela estava diferente, com ar sóbrio, sem sorrisos, ela me olhou por 1 segundo e disse: *"Meu cursinho da OAB acabou, estou voltando para Floripa"*, não sabia o que falar. Falar não vá, fique aqui mais um tempo por favor? Ou que bom que está indo, sucesso pra você? Fiquei mudo. Ela abriu a bolsa, tirou uma caneta, agarrou minha mão e escreveu seu número de telefone. Ficou segurando minha mão, olhou firme nos meus olhos e disse:"*Você promete que vai me visitar em Floripa*"? Titubiei por 1 segundo e disse, claro que vou. Ela soltou minha mão, me deu um beijo demorado e se foi.

Nunca mais vi Clarice, e lógico, nunca mais esquecerei dela, ela me proporcionou umas das noites mais incríveis da minha vida. Em um momento que só havia fracasso, vergonha e humilhação dentro de mim, ela conseguiu, em uma noite, fazer-me sentir gente novamente.

Seis meses se passaram, e eu na mesma rotina. Um dia, pela manhã, Marcelo entra na sala e diz, Ramires, preciso falar com você, vamos almoçar juntos. Ok.

Fomos num shopping que ficava próximo da empresa, tinha um restaurante mediterrâneo muito bom, fizemos nossos pedidos e ficamos falando sobre o trabalho, e algumas amenidades, de repente ele fala: "*Ramires, você sabe que pode ficar aqui o tempo que você quiser, a área de vendas está muito bem estruturada, você fez um ótimo trabalho, já imaginava que seria assim. Mas meu amigo, já passou mais de um ano, não está na hora de você retomar sua vida?"* Retomar minha vida? Como assim? Você é um empresário não um chefe de call center, me dói ver você lá comendo marmita e desperdiçando seu potencial gerenciando uma pequena equipe de vendas.

Marcelo, não sei o que te falar, o fardo do fracasso ainda está aqui comigo, não imagino que algum dia eu vá tentar novamente, montar uma empresa, depois de tudo o que eu passei, não vejo como, não vou fazer. Tudo bem amigo, como falei, você é muito bem vindo, fique o tempo que achar que deve.

Comemos, fomos tomar nosso habitual café, e eu fiquei pensativo, será que teria coragem de começar tudo de novo? Não, nem pensar, minha vida está tranquila, tenho uma rotina sólida, imutável, sem grandes responsabilidades, sem preocupações, apenas um dia após o outro. Mas a semente foi plantada, agora, ao invés de pensar no fracasso, comecei a lembrar dos bons momentos, grande empresário, secretária, funcionários, grana alta, mas esses pensamentos logo eram abafados pelo sentimento de derrota. Não, não quero mais isso pra mim.

A caminho do escritório, paramos no sinal, ao nosso lado uma Land Rover, exatamente igual a que eu vendi, pela metade do preço, mesma cor, mesmo modelo exatamente igual, estranho como nunca mais havia prestado atenção a carros, porque agora percebi, será que é um sinal? Pura coincidência, deve haver milhares de Land Rover iguais a minha.

Passei a tarde pensativo, meio desfocado, com o olhar longe, em devaneios, um funcionário chegou a perguntar, ei chefe, está tudo bem? Dei um sorriso e respondi, só vai estar bem se vocês baterem a meta, a sala toda riu.

Os dias foram passando e meus pensamentos mudavam, uma hora eu lembrava dos bons momentos, da empresa, dos funcionários, do frenesi, em outros, fracasso, derrota. Estava inerte, não haveria como sair desse cenário atual de pura tranquilidade.

Passado um tempo, acredito que já estava fazendo quase 2 anos que estava trabalhando no call center. Numa sexta-feira, Adriana, secretária do Marcelo entra na sala e diz, Ramires, você pode ir até a sala do Marcelo, ele quer falar com você. Sim. Dois minutos estarei lá. Isso acontecia com frequência, tratar de algum assunto, um novo produto, uma nova meta, uma nova abordagem, não dei bola para o "convite".

Entrei na sala, vi que ele estava acompanhado. Oi Marcelo, quer que eu volte depois? Não, não, senta aí. Esse é o Estevão. Estevão, este é o Ramires. Apresentações feitas, sentei, ele começou a falar. Ramires, Estevão é programador, ele desenvolveu um sistema que eu achei genial, ele está em busca de sócios para a empreitada, e eu pensei que talvez você possa ser essa pessoa. Só acenei com a cabeça. Marcelo disse, Estevão, mostre ao Ramires o que você me mostrou.

Mais ou menos uma hora de apresentação, eu tentava prestar atenção, mas minha cabeça girava, pensando em mil coisas, empresário novamente? Será? Com sócios novamente? Estou tão confortável aqui, porque arriscar tudo de novo?

O sistema realmente era muito bom, bem desenhado, bem arquitetado, ainda faltava um bocado de coisas a desenvolver, mas a ideia no geral era muito boa.

Já havia trabalhado em uma software house em são paulo, quando tinha 21 ou 22 anos, conhecia mais ou menos a rotina, não que importasse, quando se é empresário, não importa o segmento, basta você aprender sobre ele, e seguir as mesmas diretrizes de qualquer outra companhia, para transformar numa grande empresa. Uma vez que o produto seja bom e que tenha demanda, o segmento não importa.

Ao final da apresentação eu falei, parabéns Estevão, o sistema realmente parece ser muito bom. Marcelo ficou me olhando, imaginando que eu iria falar alguma coisa como, vamos em frente, ou não é pra mim. Quando percebi que ele estava aguardando um feedback, falei, eu preciso pensar melhor, entrar novamente em um empreendimento, não estava em meus planos. Como vocês imaginam que isso iria funcionar?

Marcelo diz: "*A ideia é a seguinte, Estevão cuida da parte técnica, eu entro com o capital e você como CEO.*" Entendi, Ok. Marcelo completa, Estevão, não me entenda mal, mas eu só entraria neste empreendimento se o Ramires estiver à frente, como CEO, isso é um problema pra você? Não Seu Marcelo, de forma alguma, meu negócio é código, e abriu um sorriso. O que me diz Ramires?

Vou pensar, segunda te dou um retorno. Pode ser? Pode sim, tudo bem Estevão? Sim sim, tudo certo.

Quando estava saindo pra voltar a minha sala, Marcelo diz, Ramires, vamos almoçar juntos, conheci um restaurante que você vai adorar. Ok, combinado.

Voltei pra minha sala, não conseguia pensar em nada, nem na proposta, nem no trabalho, em nada, parece que minha mente congelou, sentimentos de fracasso se misturavam com vontade de voltar a ser um grande empresário, o medo misturava-se ao sentimento de potencial, passei o resto da manhã totalmente desfocado de tudo.

Ao meio-dia fomos almoçar, o restaurante realmente era muito bom, mas nem senti o gosto da comida, Marcelo falava sobre sua filha, estava se preparando para prestar o vestibular, Medicina, falava sobre outros assuntos banais, não mencionou em nenhum momento a proposta. De repente interrompi e falei: "*Marcelo, você sempre foi muito discreto, nunca perguntou o que aconteceu com minha empresa, e eu preciso te falar, a culpa foi minha, eu quebrei minha empresa, decisões mal tomadas, estratégias que não deram certo, a culpa foi toda minha o fracasso foi todo meu. E agora você quer que eu esteja à frente novamente de um empreendimento como esse? Você tem certeza de que é o certo a fazer?*" Marcelo tomou o resto de vinho que estava em sua taça, me olhou e falou: "*Ramires, o que você vê como fracasso, eu vejo como escola, o que você passou, foi um curso intensivo, uma faculdade, tenho total confiança na sua capacidade de lidar com esse projeto. Só depende de você".*

Durante o final de semana, fiquei pesquisando sobre empresas de software, como funcionam, quais os profissionais envolvidos, engenheiros, programadores de back-end, programadores de front-end, hospedagens, área de marketing, área de Customer Success, área de vendas, valor de servidores, salários, fiz um pequeno esboço sobre o funcionamento, e um breve cálculo do investimento necessário.

Não era pouco, o salário da parte técnica é alto, os custos com servidores também, o payback é de longo prazo, ainda mais que o produto estava em desenvolvimento, acredito que levaria pelo menos uns 8 meses para finalizar, isso se conseguisse encontrar os profissionais rapidamente.

Segunda-feira, cheguei cedo no escritório, falei para Adriana, assim que Marcelo chegar me avisa. Por volta das 09:00 Adriana veio à minha sala, Marcelo chegou, está te aguardando. Entrei na sala e lhe entreguei o esboço que havia feito no final de semana. Ele leu tudo atentamente eram umas 10 páginas, e ao final falou: *"Eu não te disse, ser empresário é igual andar de bicicleta, a gente nunca esquece"*, e soltou uma gargalhada. E aí Ramires, vamos encarar? Você que manda chefe, o dinheiro é seu, dessa vez eu soltei uma gargalhada.

Nos próximos 40 dias, dividi meu tempo entre treinar alguém para ficar em meu lugar no call center, e dar andamento ao início do novo projeto.

Achei uma sala, no mesmo prédio onde estávamos, uma sala pequena, mas se bem projetada vai conseguir, num primeiro momento, acomodar todo mundo. Dei prosseguimento a abertura da empresa, início das contratações, Estevão realmente era só código, não tinha condições nem de fazer uma entrevista.

Entrevistei pessoalmente o pessoal da parte técnica, os que no momento eram mais urgentes, 2 engenheiros e 6 programadores, definimos as diretrizes iniciais do projeto, que ainda estava em andamento, e prosseguimos com o desenvolvimento.

Foi rápido, acertei na projeção do tempo, 8 meses, produto pronto para comercialização. Nesse tempo já tinha formado uma equipe de vendas, poucas pessoas, eu mesmo supervisionava, queria que a área fosse estruturada do meu jeito, depois contrataria um supervisor para tomar conta da forma que foi concebida. Marketing externo, contratei uma empresa para fazer essa parte, muito mais fácil que montar uma área pra isso, talvez um pouco mais caro, mas com uma qualidade muito boa.

Rapidamente, o produto começou a ser vendido, e as vendas vinham uma atrás da outra, acabei me atropelando pois imaginei que seria mais lento, e a área de customer success que faz toda a implantação, treinamento e "cuida" do cliente no pós-venda, ainda não estava 100%, foi um pouco mais difícil de montar esse setor do que imaginei, os profissionais precisavam conhecer bem do produto, não apenas um script de vendas, mas entender seu funcionamento, para treinar, fazer as configurações, realmente é uma área complexa.

Perdemos alguns clientes, por conta da má gestão dessa equipe. Demiti o supervisor e fui pra cima, 3 meses, estava funcionando redondo, tudo formatado, como uma esteira de produção, os cancelamentos pararam, e as vendas começaram a aumentar.

Falei com Marcelo, fizemos um investimento alto em marketing, ainda estávamos longe de obter o payback, neste momento era só investimento, eu estava sempre preocupado, os fantasmas do passado vinham me atormentar, ainda mais pelo fato de o dinheiro investido ser do meu amigo, a única pessoa que me estendeu a mão quando eu mais precisei, me focava no trabalho, 10, 12 às vezes 15 horas trabalhando, me envolvia em todos os setores, inclusive na parte técnica, Estevão não se importava, gostava era de programar.

Criamos uma esteira de trabalho e acompanhamento da parte técnica, para que eu pudesse acompanhar o desempenho dos profissionais, difícil essa parte, sempre há um porém na parte técnica, falta isso, falta aquilo, não foi bem definido, o cliente não sabe o que está falando. Difícil lidar com eles, tive que manter o pulso firme, alguns saíram, não aguentaram a pressão que eu exercia, não importa, vai funcionar do jeito que foi planejado, quem não se adequar, está livre para sair.

Os 6 meses que se passaram depois do início da comercialização do produto foram muito intensos, todas essas horas de trabalho cobraram seu preço, eu estava exausto, realmente cansado, comia no escritório, qualquer coisa, as vezes não comia o dia todo, tudo era intenso, eu estava em todos os lugares, em todos os setores, pressão total, dessa vez eu não podia falhar. Às vezes sonhava que a empresa tinha falido, acordava suado, com o coração batendo a mil, não pensava em mais nada, apenas no trabalho, e às vezes, claro, em Clarice.

Como não pensar, seu telefone estava anotado num papel, escondido dentro da minha carteira, por mil vezes peguei o papel, e por mil vezes não tive coragem de ligar. Fiz muitos ensaios de ligações que nunca aconteceram. Ela deve estar em outra, já deve ter esquecido de mim, daquela noite, nunca tive coragem de ligar.

Os meses passaram voando, a empresa crescendo rapidamente, batemos a marca de 1 milhão de faturamento recorrente mensal, fizemos uma grande festa, com todos os funcionários, outros empresários, alguns clientes, os maiores, já havíamos mudado de sede, para um pequeno prédio de 3 andares, não muito longe da sede anterior.

A essa altura todos os departamentos já andavam por si só, eu não precisava mais me envolver nos processos operacionais, apenas na gestão, já havia consolidado um supervisor em cada área, e tudo ia bem. Mas no fundo, os fantasmas ainda me perseguiam, as dúvidas, será que estamos crescendo rápido demais, será que estou conduzindo de forma correta, e se acontecer de novo? Não, não vai acontecer, preciso tirar esses pensamentos da minha cabeça e focar no que importa, trabalho.

Primeira distribuição de lucros, comprei um apartamento, minha esposa veio morar comigo. Comprei uma Land Rover, igual a que havia vendido pela metade do preço, mesmo modelo, mesma cor, igualzinha, apenas mais nova, com mais opcionais. Lembrei das palavras do Gustavo, carro é muito mais que apenas um carro, é um termômetro social.

Em 8 meses dobramos o faturamento, 2 milhões de receita recorrente, a empresa já valia uma pequena fortuna. Nesta fase Estevão nos chamou para conversar. Quero vender minha parte, a empresa não precisa mais de mim, a equipe anda sozinha, eu comprei um motorhome e quero viajar o mundo.

Foi uma surpresa, não esperava isso, mas é bem típico do Estevão, pensa em outras coisas, em vivências, em experiências, ele sempre falava, não sou empresário, sou programador e quero viver a vida, conhecer o mundo.

Sentiremos sua falta Estevão, sucesso na sua jornada. Mandava-nos fotos de todos os lugares por onde passava com seu motorhome, a última foi no Ushuaia, "Estou no fim do mundo" disse ele. Grande figura, uma calma invejável, uma pessoa boa, uma pessoa do bem.

Num piscar de olhos, 3 anos se passaram, a empresa estava consolidada, faturando na casa dos 6 milhões de recorrência mensal, e seguindo num ritmo acelerado de crescimento, mudamos para um prédio enorme, 5 pavimentos vão aberto, muito bem decorado, uma empresa enorme, estilo "vale do silício" centenas de funcionários todos atarefados a empresa sempre num frenesi danado.

Marcelo, hoje, passa mais tempo aqui do que na sua outra empresa, que agora comparando, é bem menor, almoçamos juntos religiosamente 2 vezes por semana, não esquecendo do habitual café no centro da cidade.

A época do call center parece ter sido em outra vida, os sentimentos de fracasso e medo já me abandonaram há algum tempo, voltei a ser o grande empresário que era, dessa vez com sobriedade e calma, realmente Marcelo tinha razão, o que aconteceu comigo foi uma grande escola, uma faculdade.

Certo dia estava a caminho de uma reunião no centro da cidade, seguindo com minha Land Rover, paro em um sinal fechado. Olho para o lado direito, o prédio onde fica minha antiga kitnet.

Meu Deus, parece que foi a tanto tempo, bateu uma nostalgia que quase me levou às lágrimas, dos sábados regados a livros, coca-cola e amendoins.

E na hora. Foi inevitável. Clarice. Por onde deve andar? Será que ainda lembra de mim?

Em apenas uma noite, conseguiu mudar minha vida pra sempre.

Espero que esteja bem, com certeza nunca sairá do meu pensamento e do meu coração.

Sinal abriu, sigo meu caminho, lembrando com nostalgia de toda a jornada percorrida até aqui, do Topo ao Fundo, e do Fundo ao Topo, levando comigo apenas aprendizados, nostalgia e a lembrança de Clarice. Esteja onde estiver, nunca esquecerei de você.

Fim.